KB063897

샤워를 아주 아주 오래 하자

거친 세상에서 나를 부드럽게 만드는 삶의 기술

THE ART OF LIVING

샤워를 아주아주 오래 하자

그랜트 스나이더 쓰고 그림 | 홍한결 옮김

윌북

늘 든든한 버팀목이 되어주는 가족들에게 고맙습니다. 뛰어난 솜씨와 안목으로 편집해주신 찰리 코크먼 님께 감사드립니다. 제 책이 세상에 나올 수 있게 도와주신 주디 핸슨, 캐슬린 브레이디 님께 감사드립니다. 근사하게 디자인해주신 패멀라 노타란토니오 님께 감사드립니다. 세상에서 제일 멋진 서점 '워터마크 북스 앤드 카페'를 운영해주시는 세라 배그비 님을 비롯한 직원분들에게 고마움을 전합니다. 제 만화를 지면에 실어주시는 《더 빌리버》의 크리스틴 랫키 님과 《일러스토리아》의 엘리자베스 하이들 님께 감사드립니다. 제 창의성과 비판적 사고력을 북돋울 수 있게 도와주신 OECD의 스테팡 뱅상-랑크랭, 카를로스 곤살레스-산초 님께 감사드립니다. 무한히 책을 공급해주시는 더비공립도서관과 위치토공립도서관에 감사드립니다.

THE ART OF LIVING

Many of the comics in this collection have appeared previously online at incidentalcomics.com.
Portions of this book were first published in the following publications and websites:

The Believer: "Types of Light," "Good News," and "City in Color"
Evernote: "New Year's Resolutions"
Illustoria: "Iridescence," "Abstraction," and "Mooncatcher"
OECD Centre for Educational Research and Innovation: "Creativity" and "Critical Thinking"

조나, 제이컵, 개빈에게

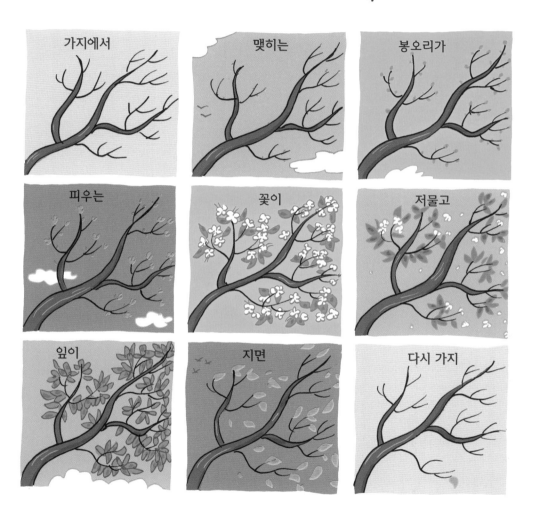

깨어 있는 삶을 위한 선언

- 눈앞의 사물을 관심 있게 보자.

- 매일 빈 공간을 만들자.

- 한 번에 한 가지만 하자.

- 생각을 종이에 적자.

- 날씨가 어떻든 밖에 나가자.

- 지루함을 겁내지 말자.

- 몸과 마음으로 세상을 겪어보자.

- 일상의 아름다움을 발견하자.

- 늘 경이로움에 눈을 뜨자.

눈앞의 사물을
관심 있게 보자

마음 상태

명상

조용한 곳을
찾아

산만한 건
멀리하고

숨소리에 귀 기울이고

스쳐 가는 생각들을
바라보고

오늘 해야 하는
일들을 잊고

언젠가 스러질 날을
염려하지 말고

나를 둥실 떠나보내자

대지와 이어진 채 일어나

우주 앞에 깨어나자

걷기
(틱낫한 스님에게서 아이디어를 얻음)

한 번에 한 걸음씩

느리게,
그러나 너무 느리지 않게

넋 놓지 않으면서

뛸 이유가 있나?

걸음걸음이 다
목적지인걸

몸에 집중하고 마음을
자유롭게 하자

땅은 단단하고,
벌은 윙윙거리고,
나는 살아 있다

계속 걷자
생각은 멈추고!

평소 지나쳤던 모든 것을
눈여겨보자

하루의 계획

무지갯빛

안으로 파고들다

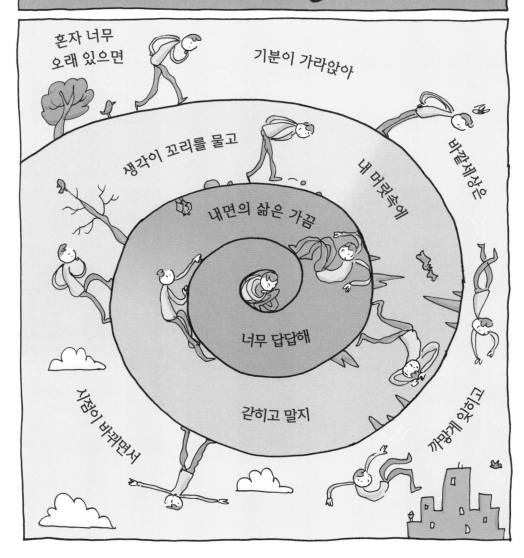

삶의 의미

무엇을 통해 찾을 수 있을까?

한가로운 사색?

쾌락의 추구?

업적의 추구?

영적인 깨달음?

끊임없는 질문?

부질없는 수고?

그저 꾸준히 매진해서

나만의 의미를 만들자!

아침노을

하루하루 다르다

빛과 색의 노래가

이유 없이 울려 퍼져

사시사철 궂으나 맑으나

귀만 기울이면 누구나

들을 수 있어

이불을 걷어차고

눈 비비고
일어나자

나가서
하늘을 보자

고요

쫙 펼친 날개가 되자

텅 빈 거리

살짝 숨은 해

나무들의 속삭임

풀잎에 맺힌 이슬

초저녁에 뜬 반달이 되자

생각을 잠재우고,

숨을 쉬고,

존재하자

마음을 연다는 것

열어놓고 살고 싶은데

무엇이 들어올지

알 수가 없어서 겁나

끝없는 가능성

어지러운 생각들

원치 않는 손님들

마음의 벽

문 하나를 열 때마다
무엇이 나올지…

입구?

출구?

아니면…

더 온전히 존재할 기회

의문들

충실한 삶

충실한 삶이란

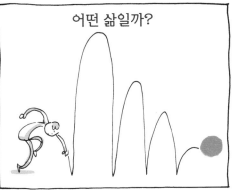

어떤 삶일까?

자연을 관찰하는 삶?

타인을 돕는 삶?

부를 쌓는 삶?

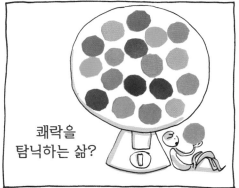

쾌락을
탐닉하는 삶?

기술을 연마하는 삶?

대담하게 도전하는 삶?

쉼 없이 일하는 삶?

사회의 굴레에서 벗어나는 삶?

아니면 눈앞에 놓인 상황에

온몸을 던지는 삶

매일 빈 공간을 만들자

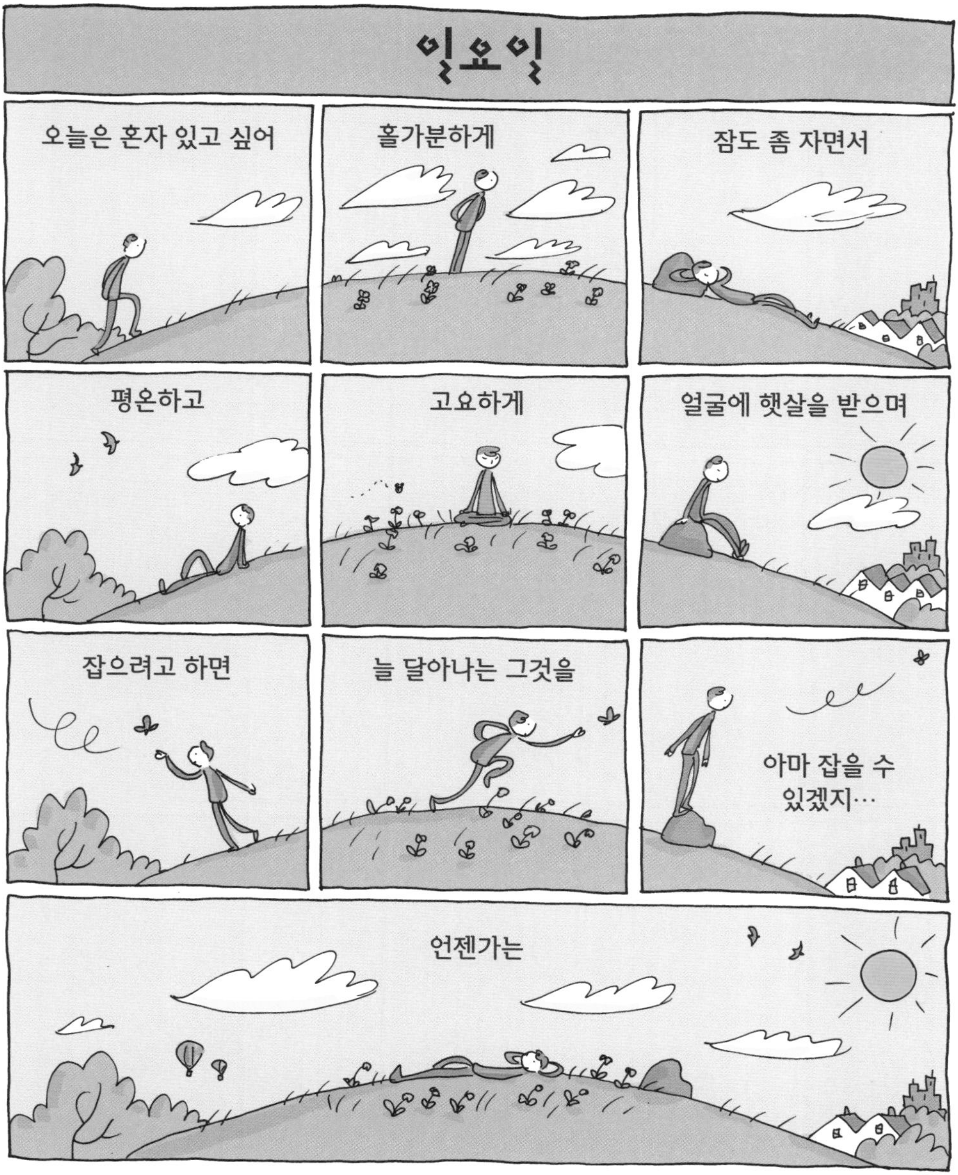

일요일

오늘은 혼자 있고 싶어

홀가분하게

잠도 좀 자면서

평온하고

고요하게

얼굴에 햇살을 받으며

잡으려고 하면

늘 달아나는 그것을

아마 잡을 수 있겠지…

언젠가는

햇살

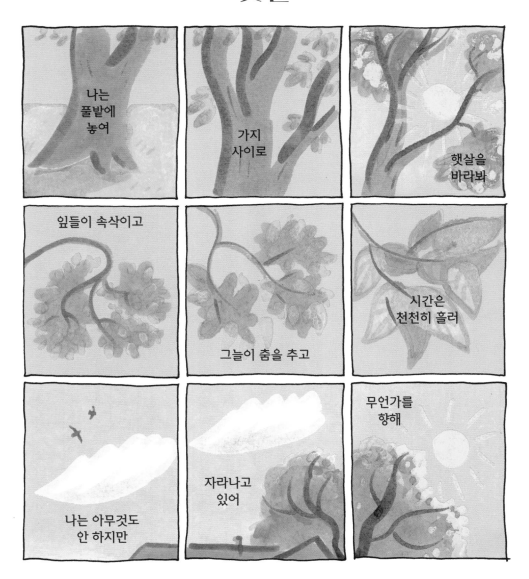

나는
풀밭에
놓여

가지
사이로

햇살을
바라봐

잎들이 속삭이고

그늘이 춤을 추고

시간은
천천히 흘러

나는 아무것도
안 하지만

자라나고
있어

무언가를
향해

존재의 방식

끈기 있게 나아가기

하늘 높이 날기

어둠 속에서
깜박거리기

느릿느릿
미끄러지기

하룻밤 사이에 돋아나기

산들바람에
떠다니기

물 밑에서
헤엄치기

고개 높이 쳐들기

큰 꿈 꾸기

사색

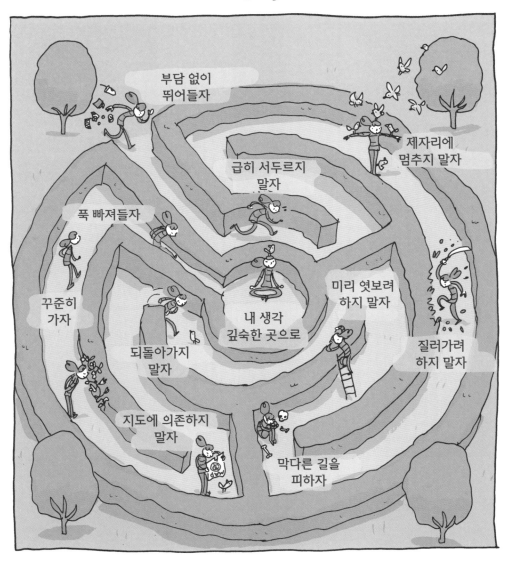

부담 없이
뛰어들자

제자리에
멈추지 말자

급히 서두르지
말자

푹 빠져들자

미리 엿보려
하지 말자

꾸준히
가자

내 생각
깊숙한 곳으로

질러가려
하지 말자

되돌아가지
말자

지도에 의존하지
말자

막다른 길을
피하자

스토아주의

휴식의 요령

저글링

요즘 저글링을 한다

모든 일을 동시에

그리 어렵진 않지만

사고 수습은 늘 남의 몫이다

떨어뜨릴 때마다

실패를 거울삼으려 하지만

한순간만 실수해도

위태롭기 짝이 없다

그러고 보니

이럴 게 아니라

저글링을 새로 배운다면?

한 번에 하나만 던질 수 있게

스무디 1000원

구석에 몰리다

구석에 갇혀버렸네

벽이 꿈쩍도 하지 않아

빠져나갈 방법이 없어

마냥 앉아 기다려봤자

문제만 쌓여갈 뿐

자리 잡고 장사나 할까

뭔가가 새로 열릴지도

무슨 길이 나올지
누가 알겠어?

결국 처음으로 돌아가면
어떡하지?

어쩌면 내게 필요한 건

관점의
변화인지도

무질서

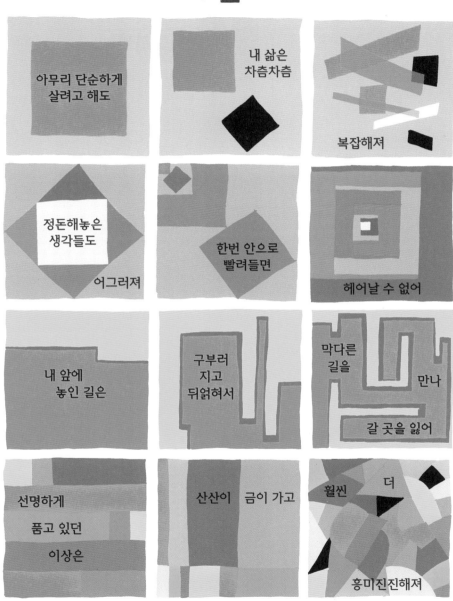

아무리 단순하게
살려고 해도

내 삶은
차츰차츰

복잡해져

정돈해놓은
생각들도

어그러져

한번 안으로
빨려들면

헤어날 수 없어

내 앞에
놓인 길은

구부러
지고
뒤얽혀서

막다른
길을

만나

갈 곳을 잃어

선명하게

품고 있던

이상은

산산이   금이 가고

훨씬   더

흥미진진해져

추상화하기

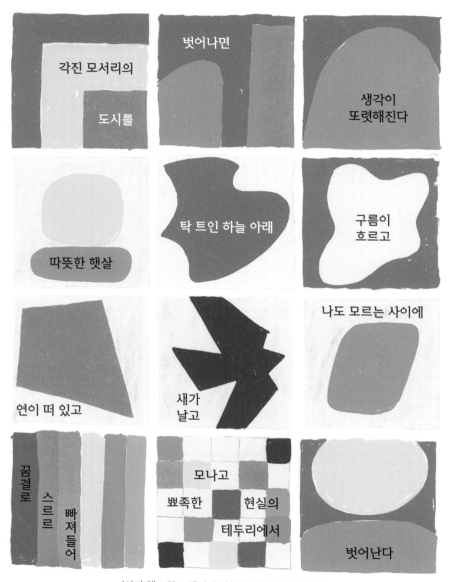

각진 모서리의

도시를

벗어나면

생각이
또렷해진다

따뜻한 햇살

탁 트인 하늘 아래

구름이
흐르고

연이 떠 있고

새가
날고

나도 모르는 사이에

꿈결로

스르르

빠져들어

모나고

뾰족한

현실의

테두리에서

벗어난다

(화가 엘스워스 켈리의 작품에서 아이디어를 얻음)

빛들

시골의 별빛

도시의 밤빛

안개 빛

호수 빛

강아지 빛

알람 빛

잎 빛

마그리트 빛

카르페 디엠

오늘을 즐긴다!

아침을 피한다

시간을 버틴다

분을 중시한다

초를 쌓아간다

순간을 움켜쥔다

무한을 헤아린다

미래

우리 앞길에 무엇이 놓여 있는지 누가 알까?

토끼굴?

살얼음판?

낭떠러지?

가상현실?

어처구니없는 실패?

비록 불확실해 보여도

나아가야지

미래가 기다리고 있으니까

한 번에
한 가지만 하자

행복해지는 방법

다 돌아간 식기세척기에
얼굴 집어넣기

나무 밑에서 쉬기

새 쫓아다니기

피아노 배우기

맨발로 걷기
(곤충 조심)

책 냄새 맡기

그림 만져보기

마당에
무성한 잡초 방치하기

별 아래서
잠자기

행복은 순감임을
받아들이기

마르지 않은 콘크리트에
내 이름 쓰기

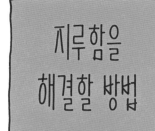

지루함을
해결할 방법

비행기에서 우리 집 찾기

나무와 친구 하기

버섯 흉내내기

꿈 내용 재현하기

안개 속 달리기

빗속에서 발라드 부르기

이룰 수 없었던…

낯선 음식 먹어보기

열차 안에서 모르는 사람
그리기

출근 방법 바꿔보기

평범한 사물 자세히 보기

세상에
지루한 건 없어

하루하루

또렷함

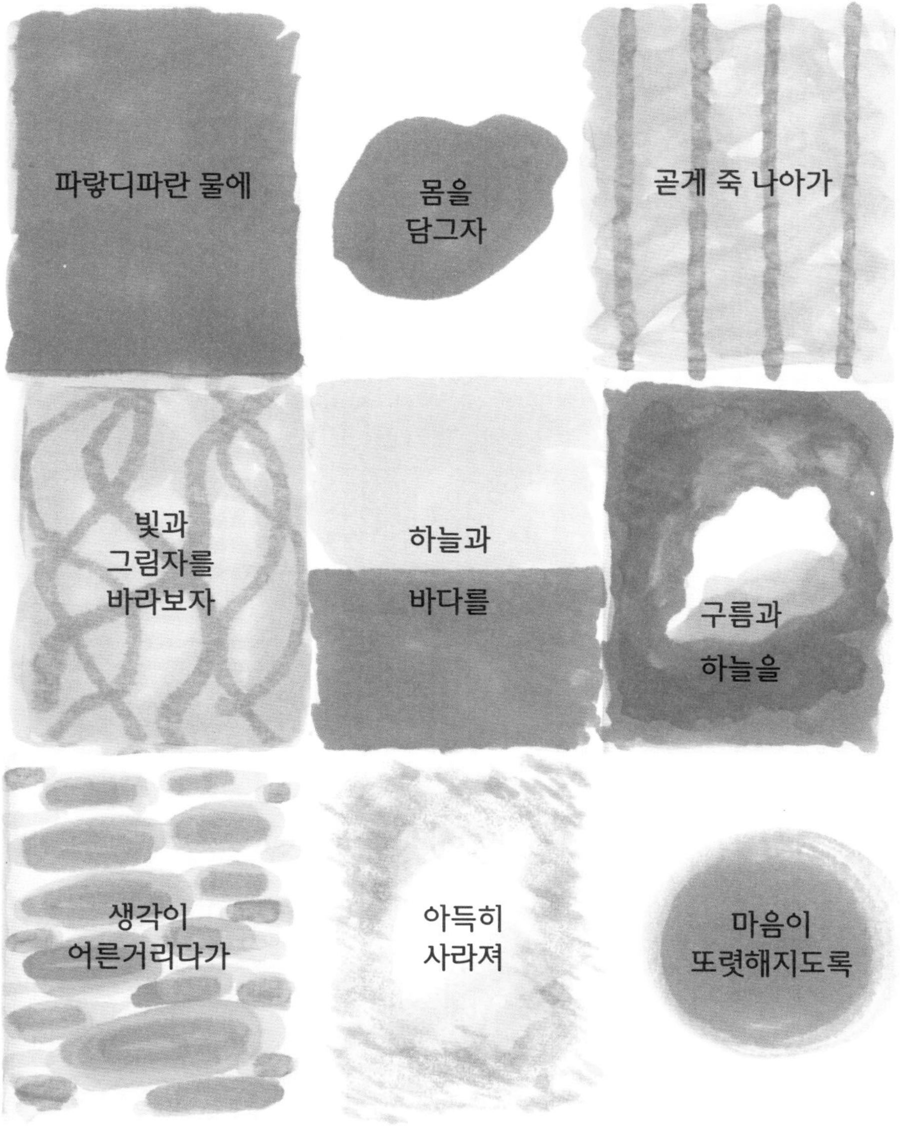

파랑디파란 물에

몸을
담그자

곧게 죽 나아가

빛과
그림자를
바라보자

하늘과

바다를

구름과

하늘을

생각이
어른거리다가

아득히
사라져

마음이
또렷해지도록

의무

처음엔 작았던 것이

어느새 무성해지면

다듬고 쳐내

남길 것만 남겨야지

내가 귀하게 여기는 것들

아침

아침 식탁 위 윤곽

밝은 뉴스

옅은 하늘빛

점묘법으로 그린 달걀

달걀의 부화

도시의 거대함

줄지은 사람들과

사람들의 말씨

온갖 소음이
어우러져

자아내는
고요함

정리

삶의 방식

좋은 삶

훌륭한 삶

완벽한 삶

성찰 없는 삶

성찰하는 삶

성찰이 과도한 삶

마음속 삶

현실의 삶

이상적인 삶

좌절과의 싸움

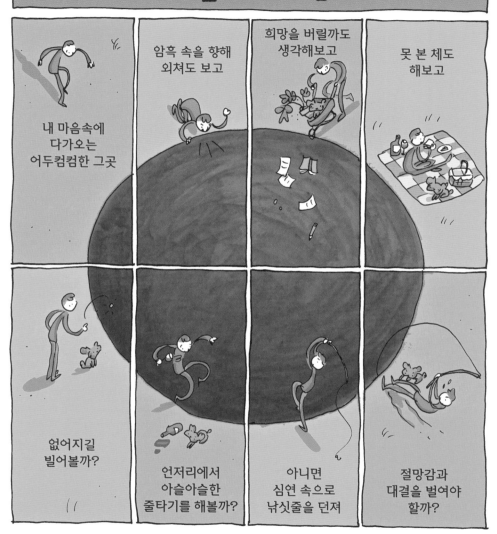

원망

품고 있으려니
너무 불편해

끙끙거리며
한 계단 한 계단

짊어지고
올라가

온 힘을
다해

던져버리자

그러면 한결
후련해져

원망이 다시
생기면

크든 작든

갖다두어야
할 곳은
한 곳이야

뒤엉킴

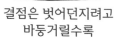

결점은 벗어던지려고
바둥거릴수록

더 복잡하게
뒤엉키기만 해

겨우 벗어났다
싶으면…

번번이 발목을
붙잡지

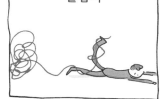

내 약점을 어떻게 안고
살아야 할까?

당당히 전시할까?

싹둑싹둑 끊어버릴까?

안 보이는 곳에 숨겨야
할까?

아니면
끈기 있게 하나하나
풀어나가야 하나?

끝장을 볼 때까지?

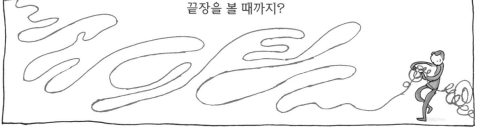

균형

일을 좀 하려고
하면

삶이 훼방을 놓아

겨우 균형을 잡아도

아슬아슬해

일 좀 하고 싶어

삶도 좀 살고 싶고

왔다 갔다 하다가

이도 저도
못 하고

그러다가 무슨
일이라도 생기면

균형이 깨져

그제야 깨달아

일과 삶은 원래
하나라는 걸

생각을 종이에 적자

시작

첫 동

산뜻한 날

새로운 10년

새로운 노트

산뜻한 페이지

첫 실수

첫 눈

산뜻한 걸음

새로운 발자국

첫 넘어짐

산뜻한 시점

새로운 출발

창의성

공간을 만든다

남들을 관찰한다

상상을 펼쳐본다

좌절을 견딘다

수정을 거친다

해법을 구상한다

창작한다!

시간을 두고 돌아보면서

그다음 해법을 찾는다

비판적 사고

문제를 이해한다

문제의 윤곽을 파악한다

가정을 의심한다

새로운 관점으로 바라본다

약점을 포착한다

해법을 도출한다

한계를 수용한다

대안을 모색한다

질문의 요령

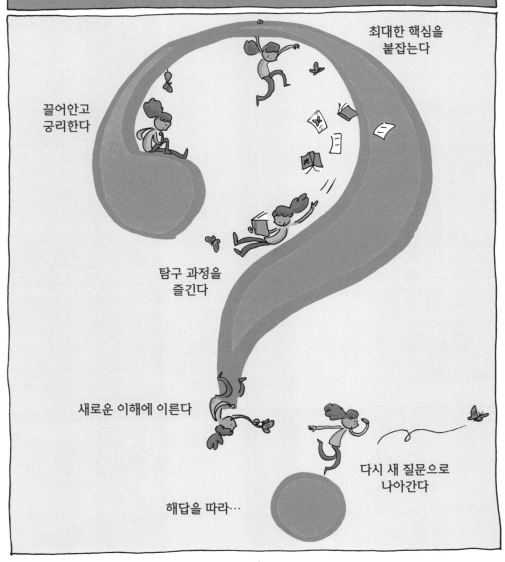

최대한 핵심을
붙잡는다

끌어안고
궁리한다

탐구 과정을
즐긴다

새로운 이해에 이른다

해답을 따라…

다시 새 질문으로
나아간다

벗어나기

행복해지고
싶은데

무언가가 길을 가로막아

이게
대체
뭘까?

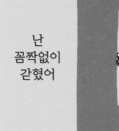

난
꼼짝없이
갇혔어

너무
매달리고 있어

온통
나밖에
보이지
않아

하지만 어쩌면…

EGO 자아

벗어날 수도 있지
않을까?

'나'라는 걸 버리면
어떨까?

목표

목표를 겨냥하려고
하지만

까맣게 잊곤 해

너무 높게 잡거나

좀처럼 다가서지
못하거나

내 목표를 남의 목표와 혼동하거나

목표를 핑계로 현실에서
도피하려고 해

뭔가 더 큰 목표를
세워야 할까?

잘못된 목표를
잡았으면
어떡하지?

이 목표를 정말
이루고 싶은 게 맞나?

어쩌면
목표를 하나
이룰 때마다

빠직!

생각지 못했던…

새로운 목표가
생겨날지도

번아웃 퇴치법

머릿속

생각하는 데 넓은 자리가
필요할수록

나를 위한 자리는 좁아져서

결국
조금씩 조금씩

머릿속
공간이

소진

돼

지나친 몰두에서 벗어나는 법

일과 거리를 둔다

자연 속에서 걷는다

새로운 각도에서 바라본다

샤워를 오랫동안 한다

하지 않던 활동을 한다

장소를 옮긴다

일을 다시 손에 잡고

새로운 관점으로 바라본다

(작가 마리아 코니코바에게서 아이디어를 얻음)

삶의 조각들

아침노을
한 자락

동그란 커피 자국

배 한 쪽

보도블록

하늘 한 조각

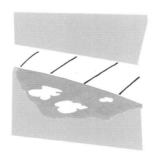

적막한 한구석

갓 핀 꽃송이

꽃집

빼꼼 비치는 파랑

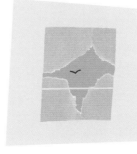

밤의 틈새

종이 한 장

좌절의 잔해

나는 삶이라는
퍼즐을

풀기 위해 늘 바둥거려

감정 눌러 담기

감정은 성가셔

잘 담아놨다 싶으면…

딸깍!

꼭 최악의 순간에 터져 나와

꽁꽁 감춰야 하나?

드러내놓고 다녀야 하나?

예술로 승화해야 하나?

TIPS

아예 내다 버려야 하나?

짐 찾는 곳

털고 홀가분하게 다니고 싶은데…

짐을 주변 사람에게 떠넘기게 되려나?

내 감정을 눌러 담을 수만 있다면

너에게 나를

활짝 열어 보여줄 텐데

낙관

낙관은 밝은색 풍선이야

붙들고 있기는 무리지

떠오르려 해봐도

발이 떨어지지 않아

바람이 한껏 들었다가도

눈앞에서 꺼져버려

푸슈우욱!

계획을 짜봐도

난감하게 꼬여버려

아예 비관적으로 나가봐도

그것도 잘 안 돼

그러니 일단 매달려볼까?

아래는 내려다보지 말고

무게

무언가 마음을 짓눌러

산책하러 나가봐도

짊어지기에 버거워

잘게 부숴서

자잘하게 나눠봐도

여전히 무거워

밀쳐낼까?

발로 차버리자

한 걸음 한 걸음
밟아 뭉개자

멈추지 말고

언젠가 내 마음이

가벼워지는 그곳에
이를 때까지

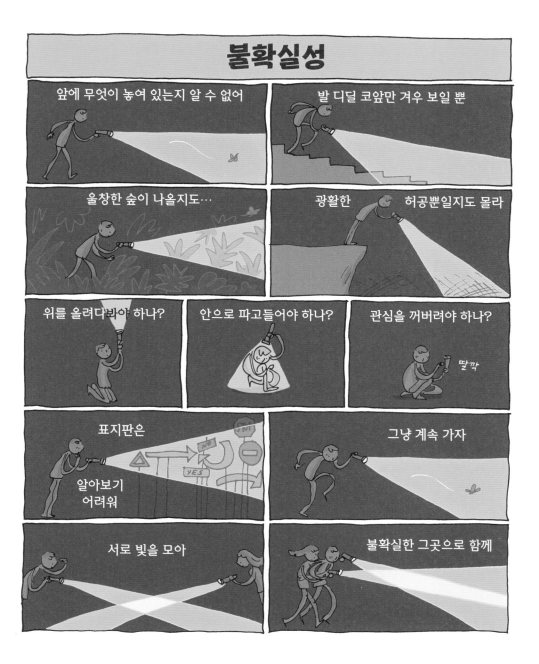

현실

마음먹고
도약해봐도

이도 저도 아닌 곳에 머물어

그냥 현실을 받아들여야 할까?

아니면 훌쩍
날아올라

이상 그 너머로 가볼까

날씨가 어떻든 밖에 나가자

좋은 소식

초봄의 설렘

봄이다

문득 세상이

다시 사랑스럽다

바람에 몸을 맡기고

비에 목을 축이고

노래에 춤을 추고

되도 않는 시를 쓴다

오 수선화…

그러다 궁금해진다
세상은 내 존재를 알긴
할까?

아야!

그래,
아마 아나 봐

비 오는 날 할 수 있는 일

유리창에 흐르는
빗방울 구경하기

잔물결의
동그라미 세기

지붕에 떨어지는
빗소리의 리듬 듣기

폭신한 의자에 앉아
딱딱한 책 읽기

담요로 요새 짓기

따뜻한 코코아로
몸 녹이기

밝은색 비옷과 싸구려
우산을 챙겨 들고

밖으로 나가

일렁이는 불빛 위에서
첨벙거리기

여름 느낌

고개 숙인 해바라기	곧 쏟아질 듯한 소나기	밀밭에 부는 바람	숨 막히는 더위
매미 울음소리	보름밤 불꽃놀이	도로의 아지랑이	현관에 무성한 잡초
자욱한 방충제 스프레이	막 내린 비 냄새	박쥐의 활강	헐렁한 모자
갖가지 모양의 구름	오색영롱한 곤충들	흘러가는 시간	소나기가 지나간 자리

모래성 짓는 법

가을 느낌

귀퉁이의 거미줄	꽃에 앉은 작은 새	붉게 물든 담쟁이	날아다니는 나비
문간의 나방 떼	힘이 센 다람쥐	잿빛 구름과 기러기들	노랗게 물든 나뭇잎
눈부신 아침 햇살	뒤엉키는 머리칼	숨은 귀뚜라미 울음소리	못 보던 모양의 구름
거미줄 피하기 림보	창가의 나방	눈길 닿는 모든 곳이	가을의 연가를 쓰는 이유

낙엽

나무에서 떨어져

바스락거리며
뒹굴고

찬바람에
휘날리고

울타리에 걸리고

웅덩이에 쌓이고

자동차를 뒤덮고

서서히 맨몸을
드러내고

모조리 떠나

늘푸른 잎만 남긴다

2월

떠오르는 질문들

(시인 메리 올리버를 기리며)

눈 내리는 날

새 눈이 내려

적막을
메우려들 때

세상을
감싸는

더 깊은 적막

썰매 타기

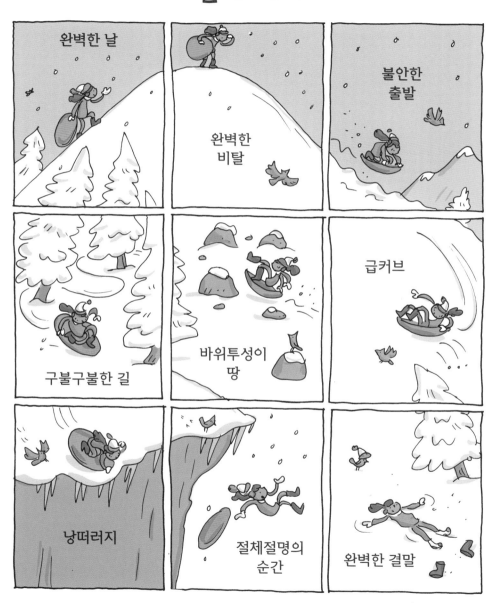

탐조

날이 따뜻해지면

새들이 돌아온다

아침마다 가지에 앉아 지저귄다

아니 어쩌면 원래부터 계속 있었는지도?

벌레를 쪼고

나무 위에서 깍깍거리고

살얼음 낀 연못을 둥둥 떠다닌다

거대한 검은 구름을 지어

떴다 가라앉았다 한다

전선에 줄지어 앉는다

홀로 머물다가

날개를 펴고 서광을 향해 날아간다

새해 결심

물건 줄이기

시간 늘리기

커피에 공들이기

독서에 깊이 빠지기

일출 많이 보기

낮잠 자주 자기

노래 크게 부르기

막춤 많이 추기

일의 균형 잡기

꼼꼼하게 계획하기

이색적인 모임 갖기

파티 오래 하기

화 덜 내기

감탄 더 하기

희망은 크게

후회는 없이

지루함을
겁내지 말자

잔물결

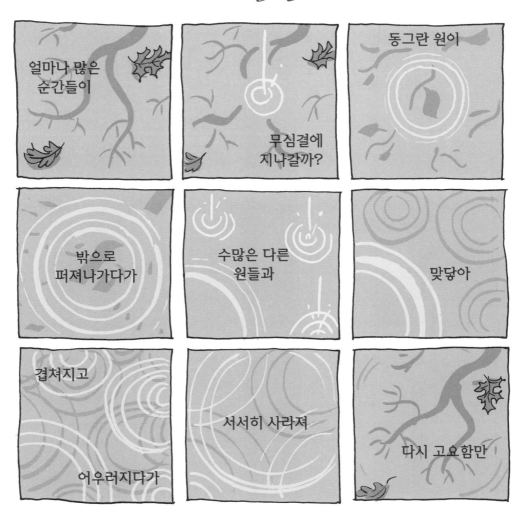

돌고 돌아

재잘재잘

조용히
있고
싶은데

머릿속
새들이
잠자코 있지
않아

몰아낼
수도 없고

무시할
수도 없어

그저
기다릴
수밖에…

모두
날아갈
때까지

너무
조용해
지면

작업을
시작해야지

공간을
만들고

새마다
보금자리를
지어줘야지

소박한 기쁨

새 책	따뜻한 무릎	첨벙거리며 걷기	나무 아래 낮잠
막춤	새로운 길	고급 헤드폰	멋대로 연주하기
잦은 방해	일 미루기	낙엽 머리 장식	흙먼지 뒤집어쓰기
알람 없이 자기	자동 알람	참신한 시점	기발한 변장
탁 트인 하늘	가파른 언덕	뜻밖의 스릴	핑 도는 현기증

지금

순간순간이
펼쳐져

가능성을 꽃피운다

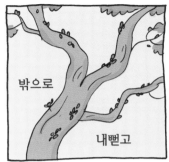

밖으로

내뻗고

날아가

무작정 흩어진다

지금 이 순간이 부디

만개한 꽃나무처럼

잠시 피고 나서도

잊히지
않기를

폭풍우

나무에 닿을 듯
낮게 드리운 구름

보도에
떨어지는
첫 빗방울

빠르게
날아가는 흰 새

천천히
맴도는 까마귀

바람이 거세지고

집으로 돌아온 우리

크고 작은 동그라미로
내리붓는 비

나무가 푹 젖고
색들이 번진다

폭풍우가 지나간
자리에는

도랑의 잔물결이

새해

또다시 모습을 드러내는
새해

그 무한한
가능성을

찬미하자!

금방 산산이 조각날지도
모르지만

어떤 여정이
내 앞에 놓여
있을까?

어떤
신대륙이
내 앞에
나타날까?

어떤 두려움이
또 나를 사로잡을까?

어쩌면 집 안에만
틀어박힐지도

새해는 어떤 모습으로
펼쳐질까?

내가 어찌해볼 수 있는
일은 아니지

아무것도 안 하기

몸과 마음으로
세상을 겪어보자

점심시간

딱히 할 일 없이
마냥 걷는다

녹조가 잔뜩 낀
연못을 지나

평범한 주택가를 지나

보도가 끊어지는 그곳에
이른다

산들거리는 바람,
윙윙거리는 벌레

양말에 달라붙는 가시풀

드넓은 하늘 아래
한없이 작게 느껴지는 나

숨을 크게 들이마시고,
다시 걸어 돌아간다

하나뿐인
내 삶 속으로

오르막길

내리막길

무거운 것들

공감에 이르는 길

다른 사람으로 산다는 게 어떤 느낌인지는
상상하기 힘들다

자기 자신으로
살기도

힘든 마당에

하지만
모든 사람이
두어 가지씩만

서로 살짝
바꿔보면
어떨까…

그야말로 엄청난 일들이 일어나지 않을까?

통제력

(만화가 찰스 포벨의 작품에서 아이디어를 얻음)

넘어서기

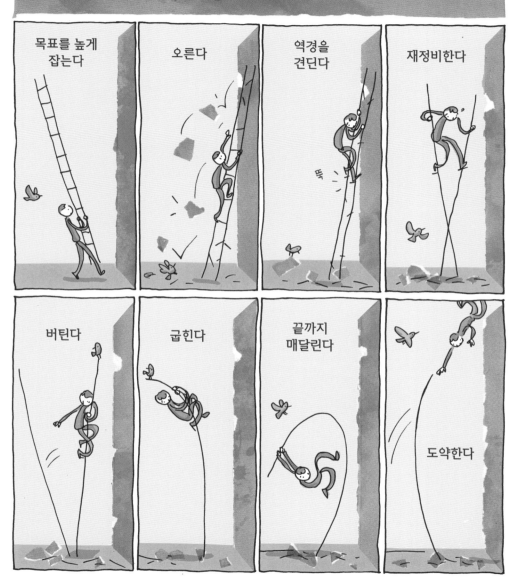

달리기

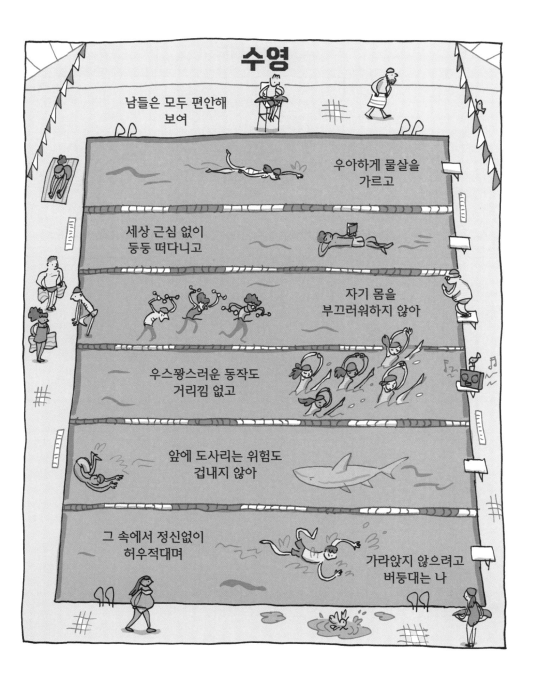

수영

남들은 모두 편안해 보여

우아하게 물살을 가르고

세상 근심 없이 둥둥 떠다니고

자기 몸을 부끄러워하지 않아

우스꽝스러운 동작도 거리낌 없고

앞에 도사리는 위험도 겁내지 않아

그 속에서 정신없이 허우적대며

가라앉지 않으려고 버둥대는 나

자전거 타는 법

관찰

준비

시도

실패

좌절

회복

반복 반복 반복 반복

약진!

숙달

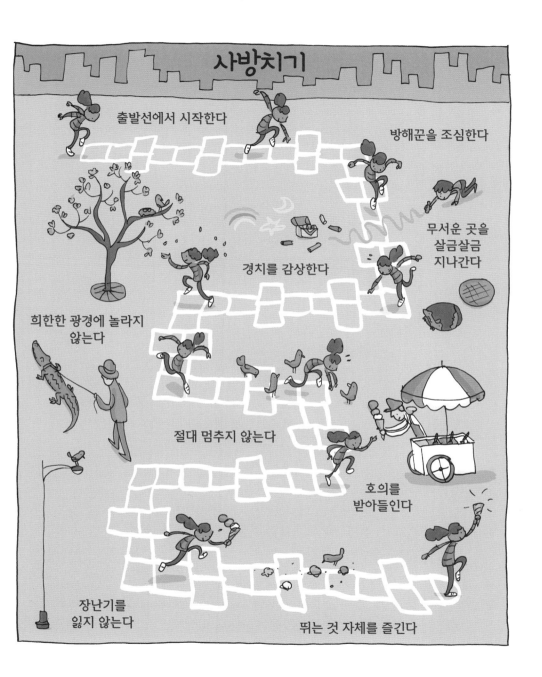

사방치기

출발선에서 시작한다

방해꾼을 조심한다

무서운 곳을 살금살금 지나간다

경치를 감상한다

희한한 광경에 놀라지 않는다

절대 멈추지 않는다

호의를 받아들인다

장난기를 잃지 않는다

뛰는 것 자체를 즐긴다

순환적 사고

문제가 좀처럼 풀리지 않는다면

걸어보자

계속 원을 그리면서

돌다 보면

나사가 헐거워지고

삐걱   삐걱

그러다가 아래로 쑥 떨어져…

와지끈!

잠재의식 속에서 해법을 찾을지도

자기 건설

방향

어디로 가야 할지는 알지만

어디서 시작해야 할지 모르겠어

신호를 따르려 해도

신호가 계속
바뀌어

내가
뭘 찾고
있는지

아니 뭘 숨기고 있는지도
모르겠어

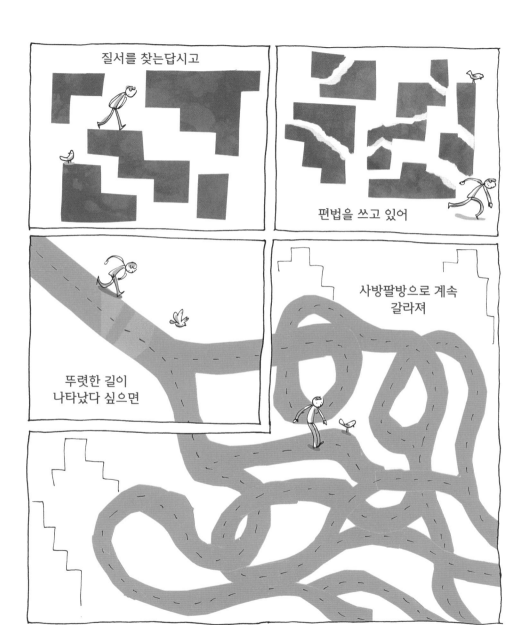

일상의 아름다움을
발견하자

아침 햇살

세상 모든 것을

가리지 않고
물들여

쇼핑몰

급수탑

유류 탱크

비행기 격납고

평범한 빌딩

모든 면이 캔버스고

모든 창이 그림이야

맑은 겨울 아침

비록 잠깐이지만

온 세상이 은은히 빛나

여행기

친구가 게시물에 올린 사진

포르투갈의 타일 무늬들

내가 한 번도 가보지 않은 곳

순식간에 그곳에 가 있는 나

좁다란 골목길을 배회하다가

바다 위로 떠오르는 해를 바라보다가

버벅거리면서 현지인들과 대화해보지만 통하지 않고

포트 와인에 잔뜩 취해

기차를 기다리다가

사람들로 북적거리는 역을 떠나

열차에 몸을 싣고

내 상상 속 다음 역으로

가을

나무 위로

떠가는 구름

끼룩거리는 기러기

펄럭이는 제왕나비

서서히 조금씩

물드는 잎

하나둘 떨어지다가

무수히 흩날리고

거리를 뒹굴다가

수북이 쌓이고

두둥실 떠다니다가

웅덩이에 날아든다

버섯이 돋아나고

뿌리가 땅속으로 파고든다

긴긴 겨울잠을

준비하는 세상

욕구의 단계

내가 원하는 건
단순해

먹을 음식

충분한 잠

머물 집

사랑

가족

성취감

오락가락하는 자존감

그런데
그걸 다 이루고
나면

그 이상의 것을
추구하게 될까?

내가 정말 원하는 건…

내가 원하는 게
뭔지 아는 거야

자동차 여행

우리는 깜깜한
새벽에 길을 나서

잠든 도시를
빠져나와

비행기 공장의
불빛을 지났지

곡물 창고 위로
동이 틀 때

다시 잠에 빠져들어
꿈을 꿨어

작년 여름 놀러 갔던 바닷가 꿈을

문득 깨어나 둘러보니

도로와 하늘만

가도 가도 끝없이 뻗어 있었어

초원을 여러 시간 달린
끝에

오르막길이 눈앞에
나타나더니

서서히 모습을 드러내는

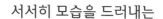

새 지평선

잡초

내가 던진 눈길들이

뿌리를 내리고

잡초처럼
자라나

꽃송이를 맺고

찬란하게   피어나기를

가까이 들여다볼까

평범한 것에서

흩뿌려지는 씨앗들의

비범한 자태를

이중주

나무와 가로등

꽃과 벌

쓰레기와 연석

바람과 홀씨

보도와 안전고깔

덩굴과 나무

홈통과 낙엽

너

그리고 나

어느 도시의 색

근사한 모자

겨우내
쌓인 눈

울타리 친 폐품 처리장

아이의 스케치북

현대적인 스타일

올라가는
고층 빌딩

자애로운 성모상

화려한 그라피티

길에서 파는 꽃

밤

가지에 걸린 달

고양이 눈처럼 빛나는 창

날아가는
마지막 비행기

하나둘 깨어나는

가로등 불빛

그리고 별들

풀밭에
너울대는

그림자

달도 담요를 덮고

새벽을 꿈꾼다

창

늘 경이로움에
눈을 뜨자

떠 있는 것들

새벽안개

거미줄에 맺힌 이슬

이동하는 철새들

사뿐히 앉는 나비

떨어지는 잎

가을의 시냇물

붕붕거리는 벌새

햇살에 반짝이는 먼지

양털 같은 구름

거리에 흩날리는 그림자

청명한 오후

떠가는 내 생각

숨겨진 것들

놓아주기

밤하늘

내일을
기약하며

또 하루를 보내면

하늘을
물들이는

선명한 빛

온기 잃은 빛이

푸르스름하게
흩어지면

할 일은 달리
없으니

차를 몰고

가로등을 벗어나

도시의 불빛을
떠난다

너른 벌판에
이르러

하늘을 골똘히

바라보면

별빛이 달려온
그 먼 거리만큼

마음에 차오르는

경이로움

다중적 삶

하나의 삶으로

만족하지 못하는

이 마음은 뭘까?

지금 사는 삶은

테두리까지 미어터지고

둑 위로 흘러넘치고

울타리가 빼곡하도록

노래와 빛이 가득해

하늘로 날아오르려 해

새소리

귀를 기울여봐	아침의 소리에	동틀 녘의 알람 소리	태양의 찬가
홍관조의 짹짹 소리	딱따구리의 딱딱 소리	휘파람새의 휘익 소리	오리의 꽥꽥 소리
산들바람을 타고	풍경 소리와 어우러지다가	잔디 깎는 기계 소리에 묻혀	해 질 녘에 잦아들고
스산한 올빼미 소리	구슬픈 산비둘기 소리	봄을 맞아 돌아온	울새들의 합창 소리
나뭇가지 바스락 소리	날개 푸드덕 소리	모두 지나간 뒤	새잎들의 갈채 소리

올려다보기

달 사냥

나무에 걸린 달을
흔들자

반딧불이처럼
병에 가두자

연못 물에서
냉큼 퍼담자

지붕을 타고 굴러

창밖에
찾아와

바닥에
쏟아지게 하자

만약에 슬금슬금

물고기처럼
미끄덩
도망치면

비행기 타고 찾아가면 돼

그림자

모든 빛과

모든 생명이

드리우는 그림자

드높이 나는 새

부웅 나는
비행기

어수선한
발코니에

가지런한
묘지에

비행기 창밖으로

정원 울타리 사이로

붐비는 고가도로 위로

길어졌다가

짧아졌다가

다시 길어졌다가

밤이 내리고

달에
그림자가 지고

아침 그림자가
돌아오면

새 하루가 비쳐든다

희망

희망은 유치한 것 	많이 품을수록 	많이 사라져버려 
희망이 클수록 	실망도 크지 	희망은 어이없는 것 
현실을 왜곡하고 	손 닿지 않는 곳으로 멀어져버려 	그래도 우린 희망을 놓지 않아 
희망을 키우고 키워서 	희망에 부풀고 	희망에 젖어들곤 해 

희망에 들뜨고

또 들떠서

도취해버리지

내가 남들에게 희망의 빛이
될 수 있을까?

내 희망은 계속 솟아오르기만 할까?

나는 눈부신 희망의
구름 속으로
사라져버리려나?

아니면
현실과 맞부딪쳐

추락할지도

희망은 어리석은 것

그렇지만
더 어리석은 건

희망을 포기하는 것

구름

내 마음은 하늘이야

아침에는 찬란하다가

조급하게 내달리고

무궁무진하게
변신하다가

흔적도 없이
흩어져버리고

걸핏하면 대세에 순응하지

어떤 날은
안개가 자욱하다가

잿빛 장막으로 뒤덮여

맑게 개지만 어두운 구석이
남고

부글부글
화가 끓어오르다가

잠시나마
다시 찬란해지는

내 마음은
수수께끼의 창

찾아보기

고마워

창작자에게 영감을, 책 좋아하는 사람에게 감동을 선사한
그랜트 스나이더의 책들. 세상을 부드러운 방식으로
새롭게 비틀어보고 싶다면 스나이더의
세계에 푹 빠져보길 바랍니다.

지은이 그랜트 스나이더 Grant Snider

낮에는 치과 의사, 밤에는 일러스트레이터로 일하고 있다. 《뉴욕 타임스》에 만화를 연재하면서 세상에 알려졌다. 그의 만화는 《뉴요커》, 《캔자스시티 스타》, 《베스트 아메리칸 코믹스》 등에도 소개되었으며, 2013년 카툰 어워드에서 '최고의 미국 만화'에 선정되었다. 새로운 아이디어를 찾아 헤맨 나날을 촘촘히 그려 넣은 『생각하기의 기술』로 베스트셀러 작가의 반열에 올랐다. 지독한 독서가로서 그린 『책 좀 빌려줄래?』는 전 세계 책덕후들에게 열렬한 사랑을 받기도 했다. 시적인 문장과 위트 넘치는 그의 그림을 따라가다 보면 우리의 삶도 환하게 빛나는 것만 같다.

옮긴이 홍한결

서울대학교 화학공학과와 한국외국어대학교 통번역대학원을 나와 책 번역가로 일하고 있다. 쉽게 읽히고 오래 두고 보고 싶은 책을 만들고 싶어 한다. 옮긴 책으로 『신의 화살』, 『인간의 흑역사』, 『진실의 흑역사』, 『걸어 다니는 어원 사전』, 『책 좀 빌려줄래?』, 『한배를 탄 지구인을 위한 가이드』 등이 있다.

샤워를 아주아주 오래 하자
거친 세상에서 나를 부드럽게 만드는 삶의 기술

펴낸날 초판 1쇄 2022년 6월 30일
초판 2쇄 2024년 2월 12일
지은이 그랜트 스나이더
옮긴이 홍한결
펴낸이 이주애, 홍영완
편집장 최혜리
편집4팀 장종철, 박주희, 이정미
편집 양혜영, 박효주, 유승재, 문주영, 홍은비, 강민우, 김하영, 김혜원
디자인 기조숙, 박아형, 김주연, 윤소정, 윤신혜
마케팅 김예인, 최혜빈, 김태윤, 김미소, 김지윤, 정혜인
해외기획 정미현 **경영지원** 박소현
펴낸곳 (주)윌북 **출판등록** 제 2006-000017호 **주소** 10881 경기도 파주시 광인사길 217
홈페이지 willbookspub.com **전화** 031-955-3777 **팩스** 031-955-3778
블로그 blog.naver.com/willbooks **포스트** post.naver.com/willbooks
트위터 @onwillbooks **인스타그램** @willbooks_pub
ISBN 979-11-5581-214-3 (03840)

· 책값은 뒤표지에 있습니다.

· 잘못 만들어진 책은 구입하신 서점에서 바꿔드립니다.